Paolo Pergola

Lessico famigliare
Operazioni alla lettera

Biblioteca Oplepiana

N. 33

 http://www.inriga.it

 info@inriga.it

 https://it-it.facebook.com/inrigaedizioni/

 https://twitter.com/inrigaedizioni

 https://www.linkedin.com/company/in-riga-edizioni-e-literary-agency

*Invero tutto quel che si conosce ha un numero:
senza il numero non sarebbe possibile pensare
né conoscere cose alcune.*

(Pitagora)

Uno alla volta

Vorrei parlare dunque della strana, diciamo bizzarra, singolare situazione, circostanza, capitatami purtroppo allorché abitavo chiuso nella casa dei miei zii.

Vi era solo una cosa che io e il mio caro zio Pino, quasi sempre ubriaco, facevamo: dormire. «Nipote! Basta così! Non esci mai! Cosa fai lì, non stai mai sù, sei un bel tipo, sài? Sono già le due, sù, dài, vuoi che ti dia dell'altre sberle, forza! Cosa credi, mica trovi lavoro anche stando steso come una gran bella mummia sopra questo letto! Alzati, muoviti!». Diceva quasi ogni santo giorno, ormai stanca quasi come uno di noi, la mia cara nonna.

Allora, siccome vivevo – ormai sono degli anni, direi almeno sette otto – tra le due case dei miei avi, ogni tanto, anzi, direi spesso, molto spesso, muovevo enormi casse dall'unica casa molto alta della zona, fin sù per la via dove stava quella bella casa dei miei nonni. «Prendi anche quella lassù, nipote, muoviti!» dicevano ridendo.

Quindi, senza dire nulla, come fanno quegli animali ormai senza alcuno scopo tranne forse quello della vita grama, facevo qualche passetto piuttosto indeciso, diretto contro qualche parete. «Nonna – dicevo – dimmi, come posso andare senza fine giù, sù, giù, sù, giù, come uno yoyo? Non ci son mica poi nato per fare 'ste cose!». Lei dopo stava sempre quasi come per dire una cosa, poi però manco apriva bocca.

Così avevo deciso: facendo alcuni passi alla volta, anzi, uno alla volta, ecco, uno solo, forse sarà molto meglio!

Moltiplicatevi, ma dividete!

Mi chiamo Jean-Paul, cioè Père Jean-Paul. Sono cappellano nell'esercito francese. Vi vorrei raccontare di come sono finito in convento, dove ho studiato ed ho capito di aver il dono di sapere dividere le cose come faceva papà. Sono nato in un'illustre famiglia parigina oramai un po' decaduta, ed estremamente numerosa. Dovevo quindi dividere il pane coll'amatissima cugina ed un gran numero di fratelli, diciannove! Papà ci voleva crescere in un ambiente onesto ed equanime. Soleva dire cose di questo tipo: «Dividi il denaro cogl'infelici! Fa' la carità! Spezza il pane in modo da dare da mangiare ad almeno un uomo. Viva la democrazia! Stop alla disuguaglianza!».

Ecco dove se ne andava il nostro poco denaro, in carità! Devo aggiungere alcune cose su questi pensieri di papà, vi aiuteranno alla comprensione dell'uomo. Se papà vedeva un paio di noialtri fratelli azzuffarsi in un battibecco perché ognuno voleva appropriarsi di un arnese oppure di un cibo prelibatissimo escludendo il fratello rivale, egli divideva sempre ogni cosa in un paio di porzioni uguali in modo da dare un pezzetto ciascuno. Nonostante le difficoltà derivate dall'essere il marito di un'affascinante donzella, ma un po' asociale, egli fu estremamente produttivo, lavorava moltissimo fino alla sera, generò moltissimi figlioli ma si sforzò sempre di trattare ogni figlio allo stesso modo. Questa inclinazione al figliare spesso, la doveva al papà di nostro papà. Invero, quel buon uomo spesso diceva: «Crescete!

Moltiplicatevi!». Ecco spiegato perché papà crebbe, ovviamente, come da insegnamento, ed un giorno, da adulto, decise di prendere in moglie, nonostante le differenze di indole, la nostra mamma.

Contrariamente al papà, la nostra mamma teneva invece discorsi contro democrazia ed equità. Diceva sempre: «Basta con tutte 'ste donazioni! Uno s'impegna per tutta l'esistenza a far quattrini, e poi una volta che crede d'esser a posto, s'accorge d'esser rimasto senza neanche una mezza pagnottella, per via delle elargizioni fatte senza alcun freno. Basta con l'elemosina! Basta dar via tutti i soldi! Non dividerei gli averi con nessuno. Non dividerei proprio nulla, e soprattutto non farei mai a mezzo con nessuno, e nella maggior parte delle circostanze, nemmeno dividerei generando parti tutte esattamente d'ugual grandezza, salvo forse qualche eccezione! E quand'anche uno dovesse farlo per forza, casomai – per ripicca – dividerei proprio tutto, riducendolo nei pezzi più minuscoli possibile! Altro che uguaglianza! Saremmo tutti dei poveracci!».

Ecco cosa andava pensando la nostra mamma. Il pensiero di papà mi sembrava quello giusto, né nascondo di aver sempre voluto bene al papà. Riguardo al come sono finito in convento, esso mi ha sempre attratto come tipo di vita, ma in verità, dapprima volevo sposarmi coll'amatissima cugina, però quella – invece di ricambiare il sentimento – un giorno di agosto di otto anni fa si maritò coll'insipido figlio di un possidente terriero locale. Allora mi decisi ad andare in convento ed imparare la dottrina ecclesiale. Così adesso sono un uomo di chiesa ed ho capito di dovere dividere le cose. In realtà questo dono deriva da papà, ma in convento ho capito di averlo pure io. Eppure mi càpita, benché di rado, di fare errori, perché sono un uomo anch'io, mica un angelo. Papà no, papà fu un uomo sempre giusto ed equo in ogni caso. Io sono sì un po' come papà, ho parecchi tratti caratteriali suoi, ma mica sono così perfetto, perché sono figlio pure di mamma, ed ho alcuni suoi geni. Solo dire quella parola, "mamma", in realtà, mi fa sbagliar qualcosa! Ecco, vedete, ieri ho guardato le parate militari, mi sono piaciute. Dopo le parate, ho pure prestato attenzione alla guerra simulata, solo il rumore di spari mi faceva venire la tentazione di prendere in mano un'arma, cioè di fare qualcosa di errato, in quanto uomo di chiesa! Ci credereste, io, prendere un'arma in mano? Mica dovrei pensarci alle armi, io! Allora oggi mi sono confessato.

Quindi faccio anch'io alcuni peccatucci di questo tipo, peccatucci di pensiero. Però adesso voglio diffondere la parola di quel buon uomo, cioè il papà di nostro papà. Io oramai mica lo farò di sposarmi, perché sono un uomo di chiesa. Ma voialtri sì, fate come diceva. Quindi crescete, moltiplicatevi! Ma innanzitutto rammentatevi di fare azioni umanitarie, cioè dividete le vostre cose, se potete!

GLOSSE

Uno alla volta

La *contrainte* sta nell'utilizzare parole composte da N lettere, che siano precedute sempre da una parola con un numero di lettere N+1 o N–1, partendo da N=3 del titolo. La sequenza iniziale, incluso il titolo, pertanto corrisponde a:
Uno (3) *alla* (4) *volta* (5). Vorrei (6) parlare (7) dunque (6) della (5) strana (6), diciamo (7) bizzarra (8), singolare (9) situazione (10) [...].
Si immagini un cammino rappresentato da un percorso che va da sinistra (inizio testo) a destra (fine testo), in cui il grado di difficoltà nell'attraversarlo è determinato dalla variabilità nella lunghezza di parole adiacenti. Sarà molto più difficile arrampicarsi su di una parola da dodici lettere venendo da una da tre, che da una da undici.
Come si evince dalla figura A, la *contrainte* utilizzata nel testo *Uno alla volta* produce un percorso di 250 parole che consente di spostarsi salendo o scendendo scalini unitari lungo la sequenza del testo. Di contro, le prime 250 parole del testo de *I Promessi Sposi* di A. Manzoni (figura B) producono un percorso accidentato costituito da picchi insormontabili che si parano davanti a valli e gole profonde.

CONSIDERAZIONE AGGIUNTIVA
Si potrebbe argomentare che un percorso ancora più facile sarebbe quello costituito da un cammino completamente piatto, in cui tutte le parole hanno lo stesso numero di lettere. Ad esempio, otto, come nel breve testo seguente (figura C): «Colleghi scrivani: "Vorreste scrivere qualcosa erigendo semplici percorsi?" Siffatta proposta produsse numerose risposte. Qualcuno dichiarò: "Deciditi eludendo faticose emozioni!"».
 Questa *contrainte* piatta, però, impedisce l'uso di tutte le parole che non sono costituite da un numero di lettere prestabilito (otto, nell'esempio precedente). Invece, la *contrainte* a scalini usata in *Uno alla volta* consente potenzialmente di usare qualsiasi parola, che sia lunga oppure corta, arrivandoci per gradi e con il minimo della fatica.

GRAFICI

Il primo grafico (figura A) rappresenta il numero di lettere per ogni parola, messe nell'ordine della sequenza usata nel testo *Uno alla volta*. La lunghezza totale del testo è di 250 parole. Dal grafico si evince come parole adiacenti differiscano tra loro, per numero di lettere, di una sola unità. Il picco del grafico, ovvero la parola che contiene il maggior numero di lettere, è 'circostanza' (11 lettere), che si trova su di un cucuzzolo, circondato a destra e sinistra da parole che hanno una sola lettera in meno (10 lettere, cioè 'situazione' e 'capitàtami'), in maniera tale che a salire e a scendere dal cucuzzolo non ci si faccia male. Il minimo, invece, corrisponde alla valle in cui si trova la parola 'e', che ha ai suoi lati parole di due lettere, 'io' e 'il', in modo che la risalita dalla valle non sia molto faticosa.

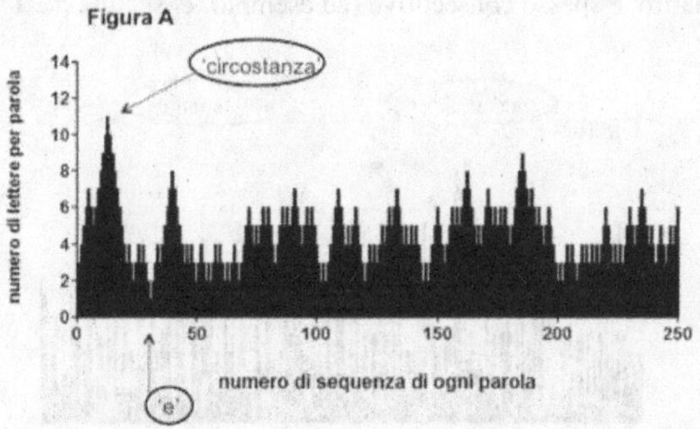

Lo stesso tipo di grafico della figura A è applicato, invece, alle prime 250 parole del testo de *I Promessi Sposi* di Alessandro Manzoni (figura B).

Quel ramo del lago di Como, che volge a mezzogiorno, tra due catene non interrotte di monti, tutto a seni e a golfi, a seconda dello sporgere e del rientrare di quelli, vien, quasi a un tratto, a ristringersi, e a prender corso e figura di fiume, tra un promontorio a destra, e un'ampia costiera dall'altra parte; e il ponte, che ivi congiunge le due rive, par che renda ancor più sensibile all'occhio questa trasformazione, e segni il punto in cui il lago cessa, e l'Adda rincomincia, per ripigliar poi nome di lago dove le rive, allontanandosi di nuovo, lascian l'acqua distendersi e rallentarsi in nuovi golfi e in nuovi seni. La costiera, formata dal deposito di tre grossi torrenti, scende appoggiata a due monti contigui, l'uno detto di san Martino, l'altro, con voce lombarda, il *Resegone*, dai molti suoi cocuzzoli in fila, che in vero lo fanno somigliare a una sega: talché non è chi, al primo vederlo, purché sia di fronte, come per esempio di su le mura di Milano che guardano a settentrione, non lo discerna tosto, a un tal contrassegno, in quella lunga e vasta giogaia, dagli altri monti di nome più oscuro e di forma più comune. Per un buon pezzo, la costa sale con un pendìo lento e continuo; poi si rompe in poggi e in valloncelli, in erte e in ispianate, secondo l'ossatura de' due monti, e il lavoro dell'acque. Il lembo estremo, tagliato dalle foci de' torrenti, è quasi tutto ghiaia e (…).

In questo caso, si nota che il numero di lettere per parola varia enormemente tra parole adiacenti, in un vertiginoso saliscendi di picchi acuminati, circondati da profonde valli. Ci sono due picchi di 14 lettere ('trasformazione' e 'allontanandosi') che hanno al loro fianco veri e propri baratri, ovvero parole con un numero esiguo di lettere: in un caso addirittura una parola di una lettera sola ('e' che segue 'trasformazione'). Le valli, con parole composte da una sola lettera, sono numerose, ben trentaquattro, e spesso consecutive (ad esempio 'e' seguita da 'l'').

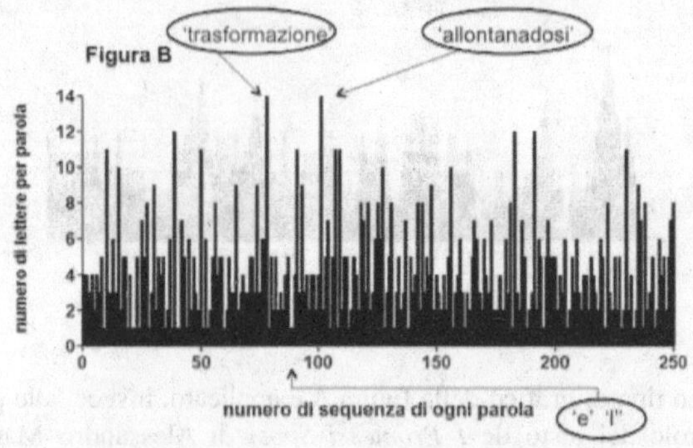

Nella figura C viene riportato il grafico relativo al testo composto da parole di otto lettere. Il grafico risulta completamente piatto, e oltre al fatto che un testo simile impedisce l'uso di molte parole, ci sono anche gli svantaggi della fatica che si farebbe a salire su un tale altopiano (da zero a otto lettere) e del pericolo che si correrebbe nel saltare giù, una volta giunti alla fine del testo, da otto a zero lettere.

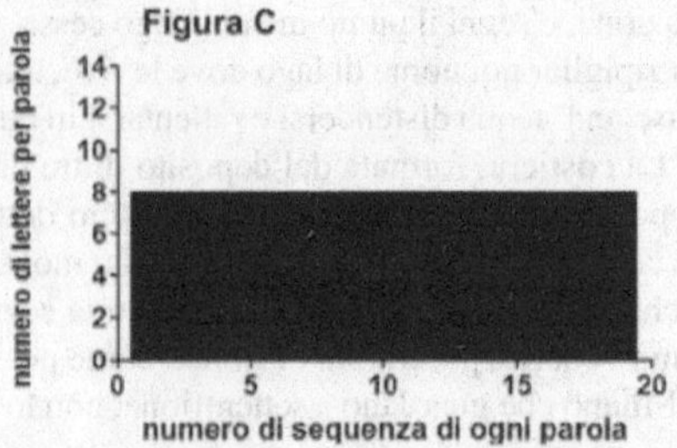

Moltiplicatevi, ma dividete!

1) La *contrainte* sta nel far parlare i tre personaggi (Père Jean-Paul, la sua mamma e il suo papà) tramite frasi costituite da parole con un numero di lettere pari (persona "pariloqua") o dispari (persona "dispariloqua"). L'uso di parole con lettere pari o dispari dipende dall'avere un nome con un numero di lettere pari o dispari. Per questo, il papà (4 lettere) e Jean-Paul (8 lettere) sono "pariloqui", mentre la mamma (5 lettere) è "dispariloqua".

2) In francese, *père* (padre, sia nel senso di papà che nel senso dell'appellativo dato a un prete come Père Jean-Paul) si pronuncia come *pair*, che significa pari, un motivo in più perché sia Père Jean-Paul che suo padre siano "pariloqui".

3) Inoltre, moltiplicando un numero dispari per un numero pari, si ottiene un numero pari. Quindi moltiplicando la mamma (5 lettere; dispari) per il papà (4 lettere; pari), si ottengono 20 figli (Jean-Paul dice di avere diciannove fratelli), tutti "pariloqui". (D'altro canto la famiglia stessa è pari-gina, benché un po' decaduta).

4) Il papà crede nella giustizia e nella divisione dei beni. Davanti a due contendenti, non esita a dividere l'oggetto della discordia in due parti uguali, cosa che è possibile solo per i numeri pari.

5) La mamma invece non crede alle divisioni in parti uguali. Fosse per lei, non farebbe mai a mezzo con nessuno, infatti i numeri dispari non sono divisibili per due.

6) Nella maggioranza dei casi, la madre non dividerebbe le cose in parti uguali, salvo forse qualche eccezione. Infatti, la maggior parte della parole costituite da un numero dispari di lettere (e normalmente usate nella lingua italiana), sono costituite da un numero primo, tranne qualche eccezione (9 e 15 lettere). La stessa parola "eccezione" è in effetti costituita da 9 lettere, numero dispari ma non primo.

7) E nel caso la madre fosse forzata a dividere, allora dividerebbe in parti più piccole possibile, difatti i numeri primi sono divisibili per sé stessi dando come risultato il numero intero minore possibile, uno.

8) A Jean-Paul càpita, benché di rado, di fare errori, perché – dice – «sono un uomo anch'io, mica un angelo». Nei suoi discorsi ci sono un paio di errori (di cui uno ricorrente; 'mamma', detto cinque volte e l'altro 'spari' preceduto da 'di' detto una sola volta), ovvero parole costituite da un numero dispari di lettere. Però Jean-Paul si accorge dei suoi errori e di avere ogni tanto la tentazione di sbagliare.

Infatti dice:

«Solo dire quella parola, 'mamma', in realtà, mi fa sbagliar qualcosa!» e «solo il rumore 'di spari' mi faceva venire la tentazione di prendere in mano un'arma, cioè di fare qualcosa di errato».

GRAFICI

La stessa tipologia di grafico usata per il testo *Uno alla volta*, è applicata anche a *Moltiplicatevi ma dividete!*, diviso in tre tranci [i primi due da 250 parole (Figure D e E), il terzo da 224 (Figura F)] per facilitare la comparazione con i pezzi di 250 parole rappresentati nelle figure del primo testo. L'andamento del grafico è più simile a quello relativo a *I Promessi Sposi* che a quello di *Uno alla volta*. Infatti, picchi acuminati si ergono davanti a valli profonde. Questi tranci, però, presentano una peculiarità che li distingue dall'andamento del grafico relativo a *I Promessi Sposi*.

Ovvero, osservando attentamente ad esempio il primo dei tre grafici (figura D), si nota come le barre verticali (corrispondenti alla lunghezza di ogni parola) sono arrangiate in maniera da apparire come tanti libri perfettamente riposti su scaffali fatti su misura per loro e che si trovano a distanza di ordine pari gli uni dagli altri (ovvero, scaffali a 2, 4, 6, 8, 10, 12 unità, evidenziati da righe orizzontali parallele sul grafico stesso).

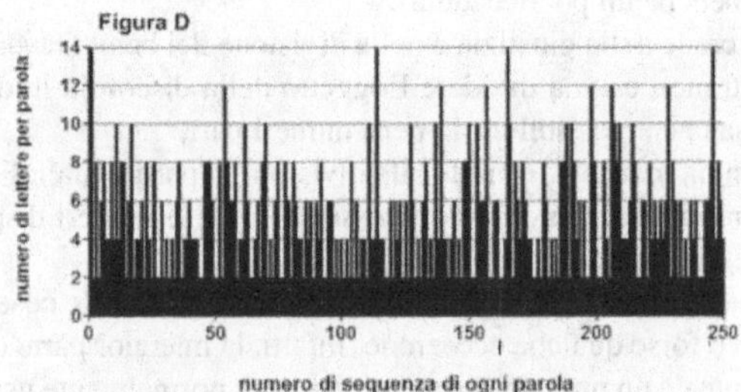

Questo andamento continua nelle successive figure (E e F) con qualche eccezione. Nella figura E, l'eccezione corrisponde al discorso della madre, composto da parole con un numero di lettere dispari, cosa che sconvolge l'ordine dei libri apparenti posti sugli scaffali fatti su misura.

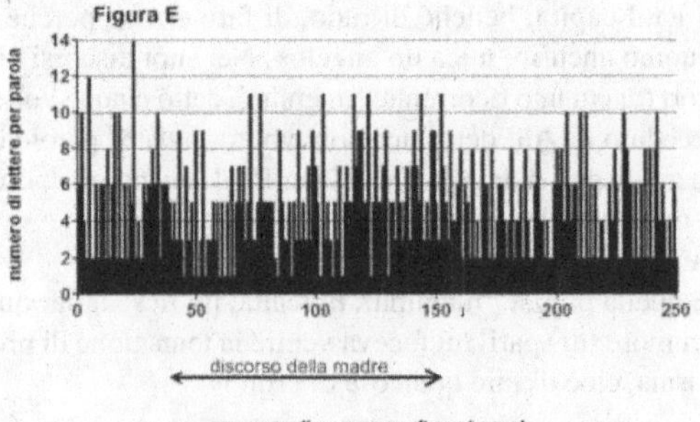

Nella figura F, l'andamento ordinato dei libri disposti pari pari negli scaffali fatti su misura – riscontrato nella figura D – persiste, tranne che per poche eccezioni (tre), dovute agli errori di Jean-Paul, al quale ogni tanto viene da pronunciare parole con un numero dispari di lettere ('mamma' e di 'spari').

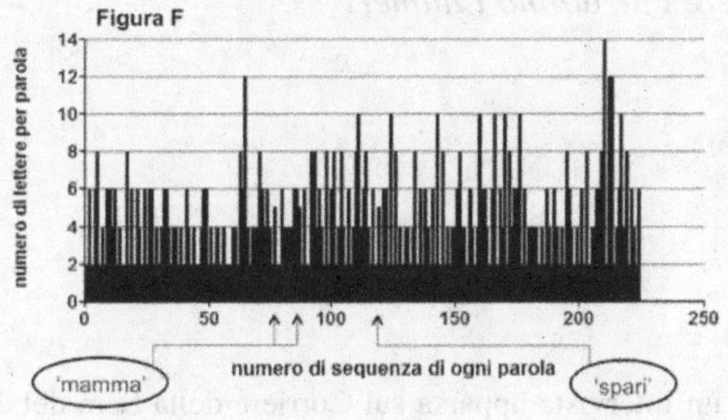

Lettere che danno i numeri

In un'intervista apparsa sul Corriere della Sera del 22 novembre 1983 Giorgio Manganelli affermava: «Personalmente, credo che le parole siano certamente un suono, ma non sono sicuro che abbiano un significato». E certamente, potremmo aggiungere, hanno un esatto numero di lettere che le compongono. Fenomeno questo che trascende (e tradisce) di nuovo il loro significato. Una parola come 'brevissimamente' è molto lunga, al contrario della parola 'vasto', che ha un aspetto mingherlino, smunto, patito. Ciò vale da un lato per la sesquipedale 'precipitevolissimevolmente' che, a differenza di ciò che promette, comporta un sacco di tempo per pronunciarla, e dall'altro per la parola 'lento' velocissima a enunciare. Quando ci si sofferma a prendere le misure delle parole si scoprono cose strane. C'è chi ad esempio ha scritto libri interi usando solo parole monosillabiche come la scrittrice Mary Godolphin (il cui cognome, per singolare coincidenza, è anche quello di un nobile inglese al cui servizio fu Daniel Defoe) nel suo *Robinson Crusoe in words of one syllable* (1869). Lo stesso Defoe racconta che, durante la peste di Londra nel 1665, si componeva la parola ABRACADABRA in forma di triangolo per tenere lontano il contagio:

ABRACADABRA
ABRACADABR
ABRACADAB
ABRACADA
ABRACAD
ABRACA
ABRAC
ABRA
ABR
AB
A

Questa forma verbo-visiva ricorda quella delle cosiddette "palle di neve" (*boules de neige*), componimenti nei quali ogni rigo (verso) è costituito da una sola parola e ogni parola successiva (o precedente) è più lunga (o più breve) di una sola lettera. E altri esempi ancora, là dove la lunghezza numerica della parola (misurata in sillabe o in lettere) la fa da padrona, si potrebbero citare.

Tutto ciò prelude in un certo qual modo ai testi di questa plaquette dove le parole si rincorrono in un'oscillante quanto vincolata numerazione letterale. Alla ricerca di "plagiari per anticipazione" delle restrizioni pergoliane sono stati scandagliati persino i versi della *Comedia* dantesca per vedere se qualcuno di essi avesse ogni parola con un carattere in più o in meno della precedente.

Sebbene conosca tutta la *Comedia* a memoria, per scovare i versi costruiti alla maniera pergoliana, Lorenzo Enriques, sbrigandosela appena in una ventina di minuti, ha seguìto questo procedimento: ha copiato il testo delle tre cantiche in Word, ha sostituito tutti gli apostrofi in apostrofi + spazio, ha sostituito tutti gli spazi con dei tab (cioè con ^t), ha quindi evidenziato tutto e l'ha copiato in un file Excel, ha cancellato (cercato e sostituito con nulla) tutti i caratteri , . ; : ? ! e simili, poi in Excel ha calcolato facilmente la lunghezza di ogni parola cercando le righe che soddisfano la condizione pergoliana.

Ebbene, salvo prova contraria, Enriques non ne ha trovato nemmeno una. I versi che più si avvicinano a quella condizione sono:

ben lo sai tu che la sai tutta quanta. (*Inf* XIV 20)
[3 2 3 2 3 2 3 5 6]

che sì e no nel capo mi tenciona. (*Inf* VIII 14)
[3 2 1 2 3 4 2 8]

Tuttavia, osserva Enriques, se si ammorbidisce la restrizione pergoliana "a scalini" e si ammettono dei "pianerottoli" (cioè se si richiede che ogni parola abbia lo stesso numero di caratteri della precedente oppure uno in più o in meno), allora ci si imbatte in un verso noto, ovvero quello in cui il conte Ugolino si rivolge a Dante così:

Io non so chi tu se' né per che modo (*Inf* XXX 10)
[2 3 2 3 2 2 2 3 3 4]

Circostanza forse non casuale che farebbe di Dante un oplepiano ante litteram.

Oplepo

La Biblioteca Oplepiana

ZANICHELLI

Biblioteca Oplepiana

Ruggero Campagnoli, *Edulcoranti*, con cento tempere, *Coloranti*, di Giuseppe Radicchio (1990, 1)

Aldo Spinelli, *L'uso delle istruzioni*. Rigrafia (1991, 2)

Giuseppe Varaldo, *Canto tenero*. Mitografemi (1992, 3)

Ruggero Campagnoli, *Deliri edipici*. Sonetti palindromici (1992, 4)

Piero Falchetta, *Frammenti in vita*. Combinazioni monorime con commento (1993, 5*)*

Ruggero Campagnoli, *Vocalizzi Zulu*. Sonetti monovocalici latenti, con 5 serigrafie, *Proiezioni e vocali in ombra*, di Giuseppe Radicchio (1994, 6)

Elena Addòmine, *Forme For me*. Traduzioni omografiche (1994, 7)

Raffaele Aragona, *La viola del bardo*. Piccolo Omonimario Illustrato (1994, 8)

Aldo Spinelli, *Le ripartite*. Rimbalzo statistico (1994, 9)

Ruggero Campagnoli, *Sestine per modo di dire*. Testi locuzionali semiautomatici (1994, 10)

Sal Kierkia, (a cura di) *L'isola teletrasportata*. Anagrafie (1996, 11)

Paolo Albani, *Geometriche visioni*. L'alfabeto raffigurato (1996, 12)

Paolo Albani, *Rose osé*. Lettere rubate (1998, 13)

Màrius Serra i Roig, *Turandot espuri*. Solfeix (1998, 14)

Luca Chiti, *L'infinito futuro*. Sillabe in crescenza (1999, 15)

Oplepo, *Giallo di Anghiari*. Misteri obbligati (1999, 16):
- *Analisi finale*, di Elena Addòmine
- *La disparizión*, di Raffaele Aragona
- *Alloro per loro*, di Brunella Eruli
- *Una parola d'oro*, di Piero Falchetta
- *Numero tredici*, di Sal Kierkia
- *Un caffè per tre*, di Giuseppe Varaldo

Oplepo, *Esercizi di stime*. Acronimi elogiativi (2000, 17):

- Elogio dell'*Opera poetica limitante entropiche profondità ombelicali*, di Elena Addòmine
- Elogio dell'*Oscurità poetica laureata esibendo parole oblique*, di Paolo Albani
- Elogio di *Ogni poema lipogrammatico esprimente potenzialità oscurate*, di Raffaele Aragona
- Elogio dell'*Ospedale per lemmi esausti, provati, obesi*, di Alessandra Berardi
- Elogio dell'*Operosa pastorelleria legata, elegantemente poco ortodossa*, di Luca Chiti
- Elogio dell'*Ostinazione: premere lemmi endecasillabici produce olio*, di Brunella Eruli
- Elogio dell'*Ostracismo politico, legge emarginata, punto O*, di Sal Kierkia
- Elogio dell'*Osar poetare liberamente, evitando penalizzanti ortodossie*, di Maria Sebregondi
- Elogio dell'*Ombra, proiezione labile eppure pressoché onnipresente*, di Giuseppe Varaldo

Luca Chiti, *Il centunesimo canto*. Philologica dantesca (2001, 18)

Paolo Albani, *Fantasmagorie*. Parole in bianco (2001, 19)

Giulio Bizzarri, *Art caveau*. L'invisibile pittura (2001, 20)

Ermanno Cavazzoni, *Morti fortunati*. Slittamento proverbiale (2001, 21)

Oplepo, *Il doppio*. Due per uno (2004, 22):

- *Doppio segno*, di Alessandra Berardi
- *Piccolo dizionario double-face*, di Anna Regina Busetto Vicari
- *Il doppio imperfetto con rimbalzo*, di Brunella Eruli
- *La scoperta dell'America*, di Domenico D'Oria
- *Duplex*, di Edoardo Sanguineti
- *Doppia lingua*, di Elena Addòmine
- *Il romanzo equivoco*, di Ermanno Cavazzoni
- *Specchio*, di Giulio Bizzarri
- *Senso doppio/Doppio senso*, di Giuseppe Varaldo
- *Kamasutre*, di Maria Sebregondi
- *Il punto di vista, anche*, di Paolo Albani
- *Teoremi e assiomi*, di Piergiorgio Odifreddi
- *Raddoppi*, di Raffaele Aragona
- *Doppio doppio*, di Sal Kierkia
- *Doppio*, di Giuseppe Radicchio

Piergiorgio Odifreddi, *Riflessi in uno zaffiro orientale*. Diari minimi di viaggi effimeri (2005, 23)

Sal Kierkia, *Preludi*. Tempo obbligato (2005, 24)*

(*) I primi 24 fascicoli sono pubblicati ne *La Biblioteca Oplepiana* (Zanichelli, 2005).

Oplepo, *A Italo Calvino* (2005, 25):
- *La galleria dei destini incrociati*, di Paolo Albani
- *Rapsodia di fiori in blu*, di Brunella Eruli
- *Permutazioni bibliografiche*, di Domenico D'Oria
- *Lezioni italo-americane*, di Elena Addòmine
- *Alluvione d'aiuole*, di Sal Kierkia
- *Conoscenza della forma*, di Anna Regina Busetto Vicari
- *Italo Calvino in ottava*, di Giuseppe Varaldo
- *Sulla luna giraffa*, di Maria Sebregondi
- *Paronomàsie*, di Raffaele Aragona

Oplepo, *Chimere*. Esercizi finzionari (2006, 26):
- *La Chimera Incapricciata*, di Anna Regina Busetto Vicari,
- *La chimera di* Spoon River, di Brunella Eruli
- *Kimerik polito-logico*, di Domenico D'Oria
- *Chimere shakespeariane*, di Elena Addòmine
- *Sonetto della Chimera*, di Edoardo Sanguineti
- *Percorsi per-versi d'una chimera*, Giorgio Weiss
- *Manghiscoli*, di Ermanno Cavazzoni
- *Chimere*, di Giuseppe Varaldo
- *Tradurre, una chimera? PER-QUE-NEAU!*, di Maria Sebregondi
- *Mi illudo*, di Paolo Albani
- *Chimere napoletane*, di Raffaele Aragona
- *I cosi così*, di Sal Kierkia

Maria Sebregondi, *Centomila miliardi di chimere*. Combinatoria per una traduzione (2007, 27)

Oplepo, *Sirene*. Fascinazioni (2008, 28):
- *Le sirene: Partenope e le altre*, di Elena Addòmine
- *Il canto delle Sirene*, di Alessandra Berardi
- *La fine della Sirena*, di Anna Regina Busetto Vicari
- *Quel che c'è in una sirena*, di Brunella Eruli
- *Io sono*, di Daniela Fabrizi
- *Sette variazioni sul canto notturno delle sirene*, di Paolo Albani
- *canzone ansiosa: scorcio amoroso con sirene*, di Raffaele Aragona
- *Sulla copulabilità della Sirena*, di Ermanno Cavazzoni
- *Da Trieste a Vieste*, di Domenico D'Oria
- *Desinere in piscem*, di Sal Kierkia
- *ballatella delle sirenelle*, di Edoardo Sanguineti
- *Sirenate*, di Giuseppe Varaldo
- *La sirena Partenope*, di Giorgio Weiss

Oplepo, *Le leggi della tavola*. Regole per tutti i gusti (2009, 29):
- *Corona di sonetti gastronòmici*, di Elena Addòmine
- *Rimembranze culinarie alla maniera di Perec*, di Paolo Albani
- *La contrainte à la carte*, di Raffaele Aragona
- *Indovina chi sviene a cena?*, di Alessandra Berardi
- *Uova sode*, di Anna Regina Busetto Vicari
- *Vite di golosi*, di Ermanno Cavazzoni
- *Il "chilometro libero"*, di Lorenzo Enriques
- *La dieta oplepiana*, di Brunella Eruli
- *Dialogo in green*, di Daniela Fabrizi
- *A mensa*, Sal Kierkia
- *Distichetti alfabetici artusiani*, di Edoardo Sanguineti
- *Menu Adriatico (Carme-non-figurato) / Ferran Adrià & Carme Ruscalleda*, di Màrius Serra
- *Elogio della farinata*, di Giuseppe Varaldo

Edoardo Sanguineti, *Capriccio oplepiano*. Pretesti (2010, 30)

Oplepo, *A Edoardo Sanguineti* (2010, 31):
- *Che cos'era Sanguineti*, di Elena Addòmine
- *Gli «ii» di Sanguineti*, di Paolo Albani
- *Beau présent per E.S.*, di Raffaele Aragona
- *Trittico*, di Carlo Battisti
- *Tombeau présent*, di Marcel Bénabou
- *Ritratto in rime*, di Alessandra Berardi
- *Trilogia per Sanguineti*, di Giulio Bizzarri
- *Mancanza*, di Brunella Eruli
- *Epistolina per E.S.*, di Sal Kierkia
- *Niente funerali di Stato per Sanguineti*, di Valerio Magrelli
- *Per un'ebbrezza di ri-cordanze*, di Marco Maiocchi
- *Il Sanguineti-pensiero*, di Mario Persico
- *In memoriam Edoardo Sanguineti*, di Jacques Roubaud
- *Les set rimes de Sanguineti*, di Màrius Serra
- *Oca veloce*, di Aldo Spinelli
- *Frenosonetto*, di Giuseppe Varaldo

Oplepo, *Le confessioni di italiano*. Peccati di lingua (2011, 32):
- *Imperdonabile*, di Elena Addòmine
- *Alla maniera del Reverendo Spooner*, di Paolo Albani
- *Peccati accentuati*, di Raffaele Aragona
- *Un peccato originale di finale*, di Alessandra Berardi
- *Due punti: a capo*, di Daniela Fabrizi
- *Parodia blasfema*, di Sal Kierkia
- *Confesso que he menjat espaguetis*, di Màrius Serra
- *Di lemmi numerici*, di Aldo Spinelli
- *Concessioni*, di Giuseppe Varaldo

Paolo Pergola, *Lessico famigliare*. Operazioni alla lettera (2012, 33)

9 788893 641531